Books by Elie Wiesel

ANI MAAMIN

ANI

Un Chant Perdu et Retrouvé

PAROLES PAR ELIE WIESEL

MUSIQUE POUR LA CANTATE
COMPOSÉE PAR DARIUS MILHAUD

MAAMIN

A Song Lost and Found Again

BY ELIE WIESEL

MUSIC FOR THE CANTATA
COMPOSED BY DARIUS MILHAUD

Translated from the French by Marion Wiesel

RANDOM HOUSE · *New York*

For Shlomo-Elisha
Son of Eliezer,
Son of Shlomo,
Son of Eliezer . . .

Pour Shlomo-Elisha
Fils d'Eliezer,
Fils de Shlomo,
Fils d'Eliezer . . .

ANI MAAMIN

Ani maamin beviat ha-Mashiah, *je crois en la venue du Messie. C'est l'un des treize Principes de la Foi, énoncés par Maimonide. C'est également le chant que, dans les ghettos et les camps, des juifs pieux et obstinés ont choisi comme hymne. Leur foi, au lieu d'apaiser, de consoler les survivants, ne fait que les déconcerter. Affirmation et provocation à la fois, elle ne peut ne pas susciter de l'inquiétude. Et pourtant . . .*

Ani maamin beviat ha-Mashiah, *I believe in the coming of the Messiah. One of the thirteen Articles of Faith set forth by Maimonides, it was also the song transformed into a hymn by pious and obstinate Jews in the ghettos and camps. Rather than appeasing, rather than consoling the survivors, this faith disconcerts them. Both affirmation and provocation, it cannot help but evoke uneasiness. And yet . . .*

Chœur :   Ani maamin, ani maamin.
           Nous croyons, Seigneur.
           En toi d'abord,
           En toi surtout.
           En lui aussi—
           Lui Messie.
           Tu l'enverras,
           Ani maamin.
           Il viendra,
           Ani maamin.
           Malgré nous,
           Malgré lui,
           Il viendra,
           Ani maamin.
           Malgré
           L'aube des condamnés,
           Malgré
           Le crépuscule lourd des cimetières,
           Malgré
           Les fossoyeurs sans nombre,
           Il viendra,
           Ani maamin.
           Voilà notre foi, Seigneur.
           Deux mots,
           Un cri,
           Un seul :
           Ani maamin.
           Foi dangereuse—oui,
           Souvent meurtrière—oui encore,
           Mais nécessaire.

Chorus: Ani maamin, ani maamin.
We believe, O God,
In you first of all,
In you above all.
And also in him—
The Messiah.
You will send him,
Ani maamin.
He will come,
Ani maamin.
In spite of us,
In spite of himself,
He will come,
Ani maamin.
Defying
The dawn of the doomed,
Defying
The gloom of cemeteries,
Defying
The gravediggers, so numerous,
He will come,
Ani maamin.
That is our faith, O God.
Two words,
A cry,
Just one:
Ani maamin.
A faith fraught with danger—yes,
And often murderous—yes,
But necessary.

Sois digne d'elle, Seigneur.

Sois digne de nous, Sauveur.

Ani maamin, ani maamin.

Pour toi, Seigneur.

Avec toi.

En toi.

Contre toi.

Ani maamin, ani maamin.

Ecoute, Seigneur, écoute.

Récitant :   En ce temps-là, alors que le cœur du monde se consumait dans les flammes noires de la nuit, trois vieillards désespérés se présentèrent devant le tribunal céleste. Pour porter plainte.

Abraham, Isaac, Jacob—les trois pères d'un peuple consacré à Dieu par Dieu—n'en pouvaient plus. Leur mission étant de parcourir les routes proches et lointaines pour capter les échos de la souffrance juive dans le monde, et les rapporter là-haut. Ils voulurent y mettre un terme.

C'est que leur mission les dépassait, les écrasait. Partout où ils portaient leur regard, ils découvraient agonie et humiliation. Des communautés déracinées. Des familles enterrées vivantes.

Hommes et femmes, enfants et malades, sages et fous, fous de douleur et fous de silence, riches et mendiants, parlant toutes les langues, venant de tous les horizons : emportés tous dans la tempête.

Abraham, Isaac et Jacob, à force de regarder, se sentaient coupables car inutiles.

Be worthy of it, O Lord.
Be worthy of us, O Savior.
Ani maamin, ani maamin.
For you, O Lord.
With you.
In you.
Against you.
Ani maamin, ani maamin.
Hear us, O God, hear us.

Narrator: In those days, even as the heart of the world was being consumed by the black flames of night, three angry old men appeared before the celestial court. Asking to be heard.

Abraham, Isaac and Jacob—the three forefathers of a people consecrated to God by God—were desperate. Their mission had been to roam the by-roads near and far, gathering the echoes of Jewish suffering in the world, and make them known in heaven. They wanted to bring it to an end.

For their mission overwhelmed and saddened them. Wherever their eyes had wandered, they had beheld agony and humiliation. Communities uprooted, families buried alive.

Men and women, the children and the sick, the wise and the insane, insane with sorrow and silence, the rich and the poor, speaking every tongue, come from every corner of the world: all swept away by the storm.

Abraham, Isaac and Jacob felt guilty, guilty of having seen, guilty of being helpless.

Voilà pourquoi ils décidèrent d'interrompre leur
tâche. Et voilà pourquoi, en cette nuit incandescente,
ils remontèrent au ciel. Et vinrent parler à Dieu de
son peuple.

Chœur :

Ani maamin, ani maamin,
Pères du peuple,
Ancêtres d'Israel,
Votre foi est la nôtre.
Etre juif est croire
En ce qui nous lie
L'un à l'autre, et tous à Abraham.
La nuit appelle l'aube ;
Le juif est cet appel.
L'homme appelle l'homme ;
Le juif est cet appel.
Dieu attend l'homme ;
Le juif est cette attente.
Ani maamin, ani maamin.

Abraham :

Ani maamin.
Tu es.
Tu es Dieu.
Créateur des mondes,
Libérateur des hommes.
J'étais le premier à le dire,
Le premier à le hurler.
Le premier à te découvrir
A te faire connaître.
En ce temps-là, Seigneur,

That is why they were renouncing their task. And that is why, on this incandescent night, they went back up to heaven. And came to speak to God of his people.

Chorus:

Ani maamin, ani maamin,
Fathers of a people,
Ancestors of Israel,
Your faith is our faith.
To be a Jew is to believe
In that which links us
One to the other, and all to Abraham.
Night calls dawn;
The Jew is that call.
Man calls man;
The Jew is that call.
God awaits man;
The Jew is that wait.
Ani maamin, ani maamin.

Abraham:

Ani maamin.
You are.
You are God.
Creator of worlds,
Redeemer of man.
I was the first to say it,
The first to shout it.
The first to discover you
And make you known.
In those days, O Lord,

J'étais seul comme toi.
On se moquait de moi,
On se moquait de toi,
On me torturait
A cause de toi.
Fidèle à toi, ani maamin,
Moi seul je croyais en toi,
En toi seulement.
En récompense, tu m'as promis:
Mes enfants et les leurs vivront,
Grandiront et nous béniront, toi et moi.
Tu nous a promis la survie,
Et non seulement l'éternité.
Eh bien, créateur de l'univers,
Regarde!
Ouvre les yeux et regarde!

Isaac: Te souviens-tu de l'Akéda?
Là-bas, sur le Moriah?
De tous les hommes de la terre,
C'est moi seul que tu réclamais—
En holocauste.
Et je n'ai pas demandé:
Pourquoi moi.
Je n'ai rien dit.
Ni contre toi,
Ni contre mon père.
J'ai tout vu,
J'ai vu le visage de mon père.
J'ai tout compris,

I was alone like you.
They mocked me,
They mocked you,
They tortured me
Because of you.
Faithful to you, ani maamin,
I alone believed in you,
In you alone.
As a reward, you promised me:
My children and my children's children would live,
Would grow and bless us, you and me.
You promised us survival,
Not just eternity.
Well, Master of the Universe,
Behold!
Open your eyes and see!

Isaac:

Do you recall the Akéda
Over there, on the Moriah?
Among all the men on earth
It was me you claimed—
In holocaust.
And I did not ask:
Why me?
I said nothing.
Not against you,
Not against my father.
I saw it all,
I saw my father's face.
I understood it all,

J'ai perçu les silences de mon père.
Et je n'ai rien dit.
Pas un cri,
Pas un murmure.
J'ai pensé:
Je suis Isaac et
Tu es Dieu.
Que ta volonté soit faite.
Que mon corps devienne feu
Et ma vie cendre—
Puisque c'est là ton désir.
J'ai pensé:
Je suis mortel,
Toi non.
Tu ordonnes,
J'accepte.
Etendu sur l'autel,
Les yeux dans les yeux de mon père,
C'est toi que j'ai entrevu.
Toi—la source, le nom de mon mal.
Toi—mon mal.
J'ai serré les lèvres:
Ne pas crier, ne pas crier—
Souffrir sans pleurer,
Souffrir sans comprendre,
Souffrir pour toi, puisque tu es où je suis,
Puisque tu es toi.
J'ai fait taire mes questions,
J'ai étouffé les voix.
Maintenant je parlerai, je dois.

Even my father's silence.
And I said nothing.
Not a cry,
Not a whisper.
I thought:
I am Isaac and
You are God.
May your will be done.
May my flesh turn into fire
And my life into ashes—
If this be your desire.
I thought:
I am mortal,
Not you.
You command,
I obey.
Stretched on the altar,
My eyes in the eyes of my father,
It was you I saw.
You—the source, the name of my sorrow.
You—my sorrow.
I clench my teeth:
Not to shout, not to shout—
To suffer without tears,
To suffer without understanding,
To suffer for you, since you are where I am,
Since you are you.
I silenced my questions,
I stifled the voices.
Now I shall speak, I must.

Plus fort que moi,
Le cri on moi.
Vois-tu en bas ce que j'ai vu?
Regarde, Dieu d'Abraham, Dieu de charité,
Ouvre les yeux comme tu as ouvert les miens,
Ouvre les yeux et regarde comme j'ai regardé, moi.

Jacob: Je me souviens moi d'un songe,
D'un songe qui j'ai fait, jadis,
A Béth-El.
Songe grandiose, captivant, symbolique:
Je m'en souviens car—
Le monde aussi, à son tour
Est en train de le vivre.
Regarde la terre,
Vois l'immense échelle la reliant au ciel.
Un peuple tout entier,
Le mien, le tien,
S'en sert pour monter,
Pour disparaître dans les nuages.
Et j'ai envie, moi, de continuer de dormir.
Ne plus me réveiller.
J'ai envie, Dieu, de mourir Jacob—
Pour empêcher Israel d'être.
Tu m'as promis tant de choses, Seigneur.
Tu m'as promis de veiller sur Israel—
Où es-tu? Où en est ta promesse?
Tu m'as promis de bénir Israel—
Est-ce là ta bénédiction?
Regarde, Seigneur:

Stronger than I,
The outcry within me.
Do you see what I have seen below?
Behold, God of Abraham, God of mercy,
Open your eyes as you have opened mine,
Open your eyes and see what I have seen.

Jacob:

I remember a dream,
A dream I had, long ago.
At Beth-El.
A dream magnificent and symbolic:
I remember—
For the world in its turn
Is dreaming.
Behold the earth,
See the immense ladder, a bridge to the sky.
An entire people,
Mine, yours,
Uses it to rise,
To vanish in the clouds.
As for me, O God, I yearn to go on sleeping.
Never to wake up.
As for me, O God, I yearn to die as Jacob—
To prevent Israel from being.
You promised me so many things, my Lord.
You promised me to watch over Israel—
Where are you? What of your promise?
You promised me blessings for Israel—
Is this your blessing?
Behold, O Lord:

Esau gagne la bataille—
Est-ce ta victoire aussi?
Pardonne ma faiblesse, Seigneur.
J'ai beaucoup pleuré dans ma vie,
Mais c'est maintenant,
Maintenant seulement,
Que je vais pleurer, pleurer vraiment.

Récitant :

Et Jacob se mit à pleurer. Et Abraham aussi. Et
Isaac aussi. Et tous les anges, tous les séraphins de
tous les cieux pleurèrent avec eux.

Mais pas Dieu. Lui seul resta calme. Impassible.
Silencieux.

Chœur :

Ani maamin, ani maamin.
Dieu possible—
Et impossible.
Dieu présent? Comment peux-tu?
Dieu absent? Comment peux-tu?
Comment les hommes
Peuvent-ils faire tant de mal
Sans toi? Et avec toi?
Ani maamin?
Comment croire?
Comment ne pas croire?

Abraham :

Maître du monde, regarde ton oeuvre.

Isaac :

Dieu d'Israel, regarde ton peuple.

Esau is winning the battle—
Is this your victory as well?
Forgive my weakness, O God.
My life has been filled with tears,
But now,
Only now,
Shall I weep, truly weep.

Narrator: And Jacob began to weep. And so did Abraham.
And Isaac. And all the angels, all the seraphim from
all the heavens joined in their weeping.

But not God. He alone remained calm. Unmoved.
Silent.

Chorus: Ani maamin, ani maamin.
God possible—
And impossible.
God present? How can you?
God absent? How can you?
How can man
Commit such evil
Without you?
Or with you?
Ani maamin?
How is one to believe?
How is one not to believe?

Abraham: Master of the Universe, behold your work.

Isaac: God of Israel, behold your people.

Jacob: Dieu fidèle, regarde la tourmente
Qui porte ta marque,
Autant que la fidélité
De tes victimes.

Chœur: Dieu fidèle, ani maamin,
Au peuple fidèle, ani maamin.
Dieu cruel, ani maamin.
Dieu muet, ani maamin.
Soleil du matin,
Soleil de la peur,
Tu réveilles la bête et tues l'homme—
Ani maamin.
Silence du ciel, silence du cœur,
Tu pèses sur l'âme qui crie la faim—
Ani maamin.
Ciel de feu, ciel de nuit:
Le crie qui monte,
Qui l'entend?
Qui entend et qui écoute?
Qui comprend et qui répète—
Ani maamin, ani maamin?

Récitant: Alors Abraham, tête haute, traits ravagés, raconte ce qu'il a vu, Isaac ce qu'il a appris et Jacob ce qu'il a recueilli.

    En bas, cependant, l'histoire continue. Et avec chaque heure qui s'écoule, le peuple le plus béni et le plus frappé du monde, compte douze fois douze enfants de moins. Et chacun emporte un autre

Jacob: Faithful God, behold the torment
That bears your seal,
As does the faith
Of your victims.

Chorus: God faithful, ani maamin,
To a faithful people, ani maamin.
God of cruelty, ani maamin.
God of silence, ani maamin.
Morning sun,
Sun of fear,
You awaken the beast and you kill man—
Ani maamin.
Heavenly silence, human silence,
You oppress the soul crying its hunger—
Ani maamin.
Sky in flames, sky of night:
A cry goes up,
But who will hear?
Who will hear and who will listen?
Who will understand, who will repeat—
Ani maamin, ani maamin?

Narrator: And thus Abraham, proud though despairing, tells
what he has seen, Isaac what he has learned and
Jacob what he has gathered.

And on earth the story continues to unfold. And
with each hour, the most blessed and most stricken
people of the world numbers twelve times twelve
children less. And each one carries away still

fragment du Temple qui brûle, qui brûle—il n'a jamais tant brûlé. Et en chacun c'est la vision du Rédempteur qui meurt—elle n'a jamais tué tant d'espoir.

Les témoins déposent et le tribunal céleste écoute en silence. Les juges suprêmes se taisent tandis que tout un peuple entre dans la nuit comme dans le gouffre divin—gouffre qui n'a de fond que Dieu.

Chœur :

Ani, Abraham.
Maamin, Isaac.
Maamin, Jacob.
Priez, enfants.
Criez, vieillards.
Nos pères parlent
Et Dieu se tait—
Priez, criez,
Car Dieu ne crie pas.
Rabbins de Vilna,
Mendiants de Berditchev,
Étudiants de Slobodke
Et Hassidim de Belz,
Rêveurs de Wizhnitz
Et portefaix de Saloniki,
Priez,
Priez en même temps qu'Abraham,
En même temps qu'Isaac,
Avec la même force que Jacob.
Priez avant qu'il ne soit trop tard,

another fragment of the Temple in flames. Flames—
never before have there been such flames. And in
every one of them it is the vision of the Redeemer
that is dying—never before has hope been murdered
so.

The witnesses testify and the celestial tribunal
listens in silence. The supreme judges say nothing
while an entire people enters night, plunges into the
divine abyss—an abyss inhabited by God alone.

Chorus:　　Ani, Abraham.
Maamin, Isaac.
Maamin, Jacob.
Children, pray.
Shout, old men.
Our fathers speak
And God is silent—
Pray, shout,
Since God does not.
Rabbis of Vilna,
Beggars of Berditchev,
Students from Slobodka
And Hasidim from Belz,
Dreamers from Wizhnitz
And Saloniki stevedores,
Pray,
Pray together with Abraham,
Together with Isaac,
As loud as Jacob.
Pray before it is too late,

Priez, criez—
Car il est déjà trop tard.

Abraham:　　Tu m'a promis l'avenir—
Et il s'envole dans la fumée.
Pourquoi me prives-tu d'avenir?

Isaac:　　Tu m'as juré la clémence, la charité, la compassion—
Pas seulement pour moi:
Pour mes descendants.
Pourquoi les voues-tu à la mort?

Jacob:　　Tu as désigné une terre pour Israel—
Et c'est sans espoir.
Pourquoi me prives-tu d'espoir?

Chœur:　　Priez pour la promesse d'Abraham.
Priez pour la prière d'Isaac.
Priez pour l'espérance de Jacob.

Abraham:　　Tu m'as ordonné, Seigneur,
Tout au début,
Tout au début,
De quitter mon pays,
Et ma demeure,
Et celle de mon père,
Et d'aller m'établir en pays de Canaan.
J'ignorais, Seigneur, j'ignorais
Qu'un jour, une nuit,
La route débouchera sur Treblinka.

Pray and shout—
For already it is too late.

Abraham: You promised me the future—
And it vanishes in smoke.
Why do you rob me of my future?

Isaac: You pledged me clemency, charity, compassion—
Not for myself alone,
But also for my descendants.
Why give them to death?

Jacob: You set aside a land for Israel—
And it is hopeless.
Why rob me of my hope?

Chorus: Pray for Abraham's promise.
Pray for Isaac's prayer.
Pray for Jacob's hope.

Abraham: You commanded me, O Lord,
In the beginning,
The very beginning,
To leave my country,
My home,
And that of my father.
To start anew in the land of Canaan.
I did not know, my Lord, I did not know
That one day, one night,
The road would end in Treblinka.

Isaac :

Tu m'as fait grimper et descendre,
Accablé et silencieux,
Le Mont Moriah—
J'ignorais, Seigneur, j'ignorais
Que c'était pour voir mes enfants,
Grands et petits,
Arriver à Maidanek.

Jacob :

Tu as ramené mes descendants chez eux—
J'ignorais, jadis, j'ignorais, Seigneur,
Que tous les chemins
A la tombée du jour
Mèneront à Auschwitz.

Chœur :

Priez pour Abraham à Treblinka.
Priez pour Isaac à Maidanek.
Priez pour Jacob à Auschwitz.
Priez pour ceux qui prient,
Et pour ceux aussi,
Qui, trop faibles,
Ne prient plus.

Récitant :

Auschwitz, Maidanek, Treblinka. Belsen, Ponàr,
Sobibor. Buchenwald, Mauthausen, Chelmno : capi-
tales nocturnes de ce royaume étrange, envoûté,
immense et intemporel, immense et biblique où,
souveraine, la mort avait pris le visage de Dieu
ainsi que ses attributs sur ciel et sur terre, et
jusque dans le coeur des hommes.

Royaume biblique, car tous les noms de tous les

Isaac:
You made me climb, then descend
Mount Moriah—
Crushed and silent.
I did not know, my Lord, I did not know
It was to see my children,
Old and young,
Arrive in Majdanek.

Jacob:
You brought my descendants home—
I did not know, my Lord, I did not know then,
That every road
At dusk
Would lead to Auschwitz.

Chorus:
Pray for Abraham in Treblinka.
Pray for Isaac in Majdanek.
Pray for Jacob in Auschwitz.
Pray for those who pray,
And for those, also,
Who are too weak
To pray.

Narrator:
Auschwitz, Majdanek, Treblinka. Belsen, Ponàr, Sobibor. Buchenwald, Mauthausen, Chelmno: nocturnal capitals in a strange kingdom, a bewitched, immense and timeless kingdom. A biblical kingdom, where death as sovereign appropriated God's face as well as his attributes in heaven and on earth and in the very heart of man.

A biblical kingdom, for every name of every

personnages de tous les livres d'histoire juive y échouent pour s'éteindre comme une forêt de buissons devenus cendre.

Moïse at Aharon, David et Saul, Ephraim et Manassé, Sarah et Rebecca, Eliezer et Tzipora, Rachel et Jacob : c'est le passé juif, la mémoire juive qu'on ressuscite pour les assassiner.

A travers le savant de Kiev et le diamantaire d'Amsterdam, le mendiant de Sighet et l'écolier de Corfu, à travers le Hassid de Varsovie et le négociant de Kovna, c'est leurs ancêtres qu'on vise. C'est la Bible qu'on tue, les Prophètes qu'on massacre.

Chaque Reuven qui tombe incarne la tribu de Reuven. Chaque Yehuda que le tueur décapite dépose une cicatrice sur le corps du Messie.

La mort de chaque David ajoute un fantôme au royaume de David.

Chœur :

Priez pour David,
Pitié pour le Messie,
Priez pour le Temple de David,
Pitié pour ses prêtres et ses chantres.
Détruit, ce Temple,
Détruit six millions de fois,
Ce Temple—
Priez pour les ruines du Temple de David,
Que reste la prière,
Au moins la prière.

character in every Jewish history book ends up there, extinguished, a forest turned to ashes.

Moses and Aaron, David and Saul, Ephraim and Menashe, Sarah and Rebecca, Eliezer and Tzipora, Rachel and Jacob: it is the Jewish past, the Jewish memory, that is being resurrected, the better to be destroyed.

Through the scholar from Kiev and the diamond merchant from Amsterdam, the beggar from Sighet and the schoolboy from Korfu, through the Hasid of Warsaw and the worker from Kovna, it is their ancestors that are being aimed at. It is the Bible that is being killed, the prophets that are being massacred.

Every Reuben who falls incarnates the tribe of Reuben. Every Yehuda decapitated by the foe leaves a scar on the Messiah.

The death of every David adds yet another shadow to the kingdom of David.

Chorus:

Pray for David,
Have mercy on the Messiah,
Pray for the Temple of David,
Have mercy on its priests and singers.
Destroyed, this Temple,
Destroyed six million times,
This Temple—
Pray for the ruins of the Temple,
To rescue the prayer,
At least the prayer.

Abraham :　　　Dans un bunker
A Varsovie.
Une veuve et le dernier
De ses cinq fils. Un nourrisson
Agé de quelques mois.
Les yeux écarquillés,
Tremblante,
Elle implore ses compagnons d'infortune
De ne pas en vouloir
A son fils qui pleure,
Qui est trop petit pour comprendre
Qu'il ne faut pas pleurer.
Il a faim, le petit garçon.
Il a soif.
Il a mal, il étouffe.
Il gesticule,
Se débat, faisant du bruit.
Pas trop.
Juste assez.
Ce qui est trop.
Soudain, des pas.
Des hurlements rauques.
Les tueurs approchent.
Les habitants du bunker,
Ongles dans la paume,
Retiennent le souffle.
Un instant, le nourrisson aussi garde le silence.
Un instant seulement.
Puis il se remet à pleurer.
Des quatre coins

Abraham: Warsaw.
A bunker.
A widow and the last
Of her five sons. An infant
But a few months old.
Wide-eyed,
Trembling,
She implores her companions
Not to be angry
With her crying son,
Too small to understand
He must not cry.
He is hungry, the little boy,
He is thirsty.
He hurts, he gasps for air,
Flails his arms,
Makes noise.
Not too much,
Just enough,
Which is too much,
Suddenly, steps.
Raucous shouting.
The killers are coming closer.
The occupants of the bunker,
Their nails dug into their palms,
Hold their breath.
Even the infant is silent for a moment.
Only for a moment.
Then he begins to cry again.
From the four corners

Du bunker,
Des murmures angoissés, agaçés
Parviennent à la mère :
Femme,
Fais-le taire ! Pour l'amour du ciel,
Fais-le taire ! La femme,
La gorge sèche,
Caresse la tête fragile
Du dernier de ses cinq fils.
Elle aimerait le calmer,
Le sauver.
En vain.
Il pleure, il pleure.
Alors,
Dans la noir,
Une main se lève.
Un bras avance,
Approche—
La main, le bras
D'un fou peut-être,
D'un désespéré sûrement.
Puis
C'est le silence.
Total. Absolu.
Mais—la mort de l'enfant
N'a pas sauvé les autres.
Elle n'a fait que précéder celle des autres.
Mais j'ai vu la mère.
Une secousse l'a traversée.

Of the bunker,
Anxious, angry whispers
Reach the mother:
Keep him quiet!
For the love of heaven,
Keep him still!
The woman,
Her throat parched,
Caresses the frail head
Of the last of her five sons.
She would like to soothe him,
Save him.
In vain.
He cries and cries.
And then,
In the dark,
A hand is raised.
An arm inches foward,
Closer—
The hand, the arm
Of a madman perhaps,
Surely desperate.
Then
There is silence.
Total, absolute silence.
Yet—the death of the child
Fails to save the others.
It is simply the first of many.
But I saw the mother.
The shudder that went through her.

Je t'offre cette secousse.
J'ai vu son regard s'emplir de démence.
Je t'offre cette démence
Comme je t'offre son regard.

Isaac :

Dans une forêt,
Un matin de printemps.
Entourés de tueurs
Et de leurs chiens,
Les juifs du village avoisinant
Marchent vers la mort.
Certains le devinent
Mais ne disent rien—
D'autres préfèrent se leurrer.
Il fait beau.
Le soleil joue
Dans les branches alentour.
Un oiseau chante
Le bonheur de pouvoir chanter ;
Un autre lui répond.
Dans la foule des condamnés,
Un homme âgé
Et son fils.
Ils se parlent
A voix basse.
Le père croit aux miracles :
Tout peut arriver,
Même au dernier moment,

I offer you that shudder.
I saw her gaze fill with madness.
I offer you that madness
As I offer you her gaze.

Isaac:

A forest,
One spring morning.
Surrounded by killers
And their dogs,
Jews from the nearby village
March toward death.
There are those
Who have guessed
But say nothing—
And those
Who have chosen self-delusion.
A beautiful day.
The sun plays
In the branches.
A bird sings
Of the joy of song;
Another responds.
In the crowd of the condemned,
An old man
And his son.
They speak
In a low voice.
The father believes in miracles:
Anything can happen,
Even at the last moment,

Il suffit que Dieu le veuille.
Sans regarder son fils,
Il lui dit:
Il s'agit à présent,
Plus que jamais,
De ne pas désespérer.
Et le fils, sans regarder son père,
Demande:
Ca fait mal
De mourir, dis?
J'avais envie de leur crier:
Moi, Isaac, vous dis:
Oui, ça fait mal.
Mais je n'osai intervenir
Dans leur échange si pur,
Qui me rappelait
Celui
Que j'avais eu
Avec mon père,
Jadis,
Au loin. Sauf que nous eûmes droit
Au miracle—-eux non. Et cela me fait mal
Car cela je ne comprends pas. J'ai peur
De comprendre.

If only God wills it.
Avoiding his son's gaze,
He tells him
That now,
More than ever,
One may not despair.
And the son,
Avoiding his father's gaze,
Asks:
Does it hurt, Father, say,
Does it hurt to die?
I felt like shouting:
I, Isaac, say to you:
Yes, it hurts,
It does.
But I dared not interfere
In their so innocent exchange,
Which recalled to me
The one
I had had
With my father,
Long ago,
Far away.
Except that we were granted
A miracle—
They were not.
And what hurts
Is that I do not understand.
I am afraid
To understand.

Jacob:

Dans un camp.
La nuit.
Un homme, à bout,
Invoque la mort
Libératrice.
Il a tout perdu,
Même sa solitude.
Même son moi,
Son nom,
Sa mort d'homme,
Son droit à une mort d'homme,
Individuelle.
Dégoûté de l'existence,
Dégoûté du monde,
Il refuse d'attendre,
D'accueillir le jour.
Glissant dans le noir,
Sans bruit,
Il court de bloc en bloc,
Usant ses dernières forces. Il court,
   court vers les barbelés,
Mais il est trop faible pour bien courir,
Et puis il boite un peu,
Et puis il voit mal,
Il ne voit pas
Le tueur
Qui le renverse,
Et qui lui dit en ricanant:
Tu veux mourir?
Mais tu es déjà mort,

Jacob: A camp.
Night.
A man, desperate,
Invokes death
To free him.
He has lost everything,
Even his solitude.
Even his "I,"
His name,
His death,
His right to his own
Private death.
Revolted by life,
Revolted by the world,
He refuses to wait,
To wait for the new day.
Moving noiselessly
Through the dark,
From block to block,
With what remains of his strength.
He runs, runs toward the barbed wire,
But he is weak.
And then, too, he is limping,
And his sight is failing,
So he does not see
The killer
Who pushes him down,
Sneering:
You want to die?
But you are already dead,

Tu étais mort
Et tu ne le savais pas.
Sais-tu qui t'a tué?
L'ange de la nuit,
L'ange des songes,
L'ange d'antan.
Entends-tu,
Dieu de mon père et du sien?
Mon combat avec l'ange
S'est mal terminé.
Israel a perdu—
Et je ne le savais pas.

Chœur: Ecoute, Dieu.
Dieu, réponds.
Au nom d'Abraham,
D'Isaac,
Et de Jacob,
Au nom de tes défenseurs,
Tes enfants te supplient:
Ecoute et réponds.

Récitant: Mais le ciel se tait, et son silence est un mur.

Chœur: Abraham a parlé:
Ecoute-le.
Isaac a crié:
Réponds-lui.
Jacob a pleuré:
Reçois ses larmes.

You were dead
And you did not know it.
Do you know who killed you?
The angel of night,
The angel of dreams,
The angel of long ago.
Do you hear,
God of my father and my father's father?
My struggle with the angel
Ended in defeat.
Israel lost—
And I did not know it.

Chorus: Hear, O God.
O God, answer.
On behalf of Abraham,
Isaac,
And Jacob,
On behalf of your defenders,
Your children implore you:
Hear and answer!

Narrator: But heaven is silent, and its silence is a wall.

Chorus: Abraham has spoken:
Heed him.
Isaac has cried out:
Answer him.
Jacob has wept:
Receive his tears.

Ils ont vu
Ce que tu vois.
Ils savent
Ce que tu sais,
Ce que tu caches.
Plus de mystère,
Plus de secret.
Tout est connu,
Visible.
La mort te sert
Comme tu la sers.
Tu as montré
Ta face
Et les hommes ont sombré dans la folie.
Que retentisse ta parole
Et elle les sauvera,
Peut-être.
Dieu muet, parle.
Dieu cruel, souris.
Dieu du verbe, réponds.
Dieu juste, Dieu injuste,
Juge le verbe et juge l'acte,
Juge le crime et juge la mort!
Dieu présent, Dieu absent,
Tout est toi,
Même le mal.
Tout est toi,
L'homme surtout.
Dieu présent, Dieu absent,
En cette nuit
Où es-tu?

They have seen
What you see.
They know
What you know,
What you hide.
No more mystery,
No more secret.
All is known,
All is visible.
Death serves you
And is served by you.
You revealed
Your face
And mankind foundered in madness.
Let your word be heard
And it will save them—
Perhaps.
God of silence, speak.
God of cruelty, smile.
God of the word, answer.
Just God, unjust God,
Judge the word and judge the deed,
Judge the crime and judge the tool.
God present, God absent,
You are in everything,
Even in evil.
You are in everything,
Above all, in man.
God present, God absent,
Where are you
On this night?

Récitant : Abraham a regardé : fais comme lui. Isaac a regardé : fais comme lui. Jacob a regardé : pleure comme lui. Varsovie, Bialistok, Theresienstadt : étoiles noires, noires de sang, noires de suie. Lodz, Kiev, Satmàr. Minsk, Lublin, Transnistrea. Tombes communes, fleuves de vie, fleuves de mort. Vents de rage, cimes de haine. Combien de victimes ? Mille fois mille—et davantage. Mille fois mille enfants innocents dans un monde coupable. Mille fois mille mères—et davantage—dans un univers aride. Voilà ta création, créateur de l'univers.

Chœur : Ani, la nuit.
Maamin, la mort.
Ani maamin, la nuit de mort.
Ani, visage.
Maamin, la faim.
Ani maamin, visages de faim.
Ani maamin, images de moi et de toi,
Images rouges,
Images mortes,
Images brouillées, visages des hommes déjà finis,
Déjà tombés,
Déjà partis,
Partis avec le vent tueur,
Vent dément, mensonger,
Vent de nuit, meurtrier.

Abraham : A mon père
J'ai dit non.

Narrator: Abraham looked: do as he did. Isaac looked: do as
             he did. Jacob looked: weep as he wept. Warsaw,
             Bialystok, Theresienstadt: stained stars, stained with
             blood, stained with soot. Lodz, Kiev, Satmàr. Minsk,
             Lublin, Transnistrea: mass graves, rivers of life,
             rivers of death. Winds of rage, peaks of hate. How
             many victims? A thousand times a thousand—and
             more. A thousand times a thousand innocent chil-
             dren in a guilty world. A thousand times a thousand
             mothers—and more—in a barren universe. Creator
             of the Universe, that is your creation.

Chorus: Ani, night.
             Maamin, death.
             Ani maamin, night of death.
             Ani, a face.
             Maamin, hunger.
             Ani maamin, faces of hunger.
             Ani maamin, images of me, of you.
             Bloody images,
             Dead images,
             Blurred images
             Of men already defeated,
             Already fallen,
             Already gone,
             Blown away by lethal winds,
             Demented, lying winds,
             Winds of night and murder

Abraham: To my father
             I said no.

J'ai dit non à mon père,
Qui, lui,
N'a pas rempli les cimetières.
A toi j'ai dit oui.
A toi—qui dis oui
A la mort.

Isaac :

J'ai menti pour toi.
J'ai béni Jacob—
Pour toi.
Pour nous.
Je ne peux plus, Seigneur.
Je ne peux plus mentir !

Jacob :

Tu m'as dit, Seigneur,
Al tira avdi Yaakov.
Tu m'as dit
De ne pas avoir peur.
Jamais.
Et je t'ai cru.
Mais maintenant,
Maintenant, Seigneur,
J'ai peur,
J'ai peur.

Chœur :

Ani, Abraham.
Maamin, Isaac.
Ani maamin, fils d'Isaac,
Fils d'Abraham,
Ani maamin, Jacob.

I said no to my father,
Who, after all,
Did not fill any cemeteries.
To you I said yes.
To you—who say yes
To death.

Isaac: I lied to you.
I blessed Jacob—
For you.
For us.
Lord, enough!
I cannot go on lying!

Jacob: You told me, O God,
Al tira avdi Yaakov.
You told me
Not to be afraid,
Ever.
And I believed you.
But now,
Now, O Lord,
I am afraid,
I am afraid.

Chorus: Ani, Abraham.
Maamin, Isaac.
Ani maamin, son of Isaac,
Son of Abraham,
Ani maamin, Jacob.

Dans le doute,
Ani maamin.
En colère,
Ani maamin.
Dans la peur,
Sans espoir,
Ani maamin:
Ils n'ont pas le choix,
Les pères du peuple
Eternellement forcés
De choisir.

Récitant: Tout en invoquant la foi, tout en la célébrant, les
trois plaignants parlent, parlent, parlent—et le
Juge se tait.

Abraham se fâche, Isaac plaide, Jacob implore:
Dieu se tait.

Abraham: La Torah interdit
D'égorger l'animal
Et l'enfant
Le même jour.
Or—pères et fils
Sont massacrés
En présence les uns des autres
Tous les jours.
Les juifs sont-ils
Moins précieux
Que les bêtes?

Though they may doubt,
Ani maamin.
Or be angry,
Ani maamin.
Though fearful,
Hopeless,
Ani maamin:
They have no choice,
The fathers of the people
Compelled forever
To choose.

Narrator: Even while they invoke and celebrate their faith,
the three plaintiffs speak, speak, speak—and the
Judge remains silent.

    Abraham grows angry, Isaac pleads, Jacob im-
plores: God is silent.

Abraham: The Torah forbids
The slaughter of an animal
And its young
On the same day.
Yet—fathers and sons
Are massacred
In each other's presence
Every day.
Is then a Jew
Less precious
Than a beast?
Or else could you be

Ou bien, violerais-tu ta Loi?
Le Juge des juges
Serait-il injuste?

Récitant :   Abraham parle et Dieu se tait. Isaac se souvient
et Dieu se tait. Jacob s'interroge et Dieu se tait.

Chœur :   Dieu se tait,
Dieu regarde.
Dieu est,
Est regard.
Dieu regarde,
Regarde Dieu.

Abraham :   Regarde les enfants,
Regarde leurs visages,
Regarde-les bien,
Le monde en est plein.
Envahi, le ciel.
Envahie, la source.
Ton regard,
Envahi aussi.
Ces enfants, Seigneur,
Ont pris ton visage,
Seigneur.

Isaac :   Le monde, c'est quoi?
Un ghetto.
L'homme, c'est quoi?
Un fugitif,

Violating your own law?
Could the Judge of judges
Be unjust?

Narrator: Abraham speaks and God is silent. Isaac remembers
                 and God is silent. Jacob questions and God is silent.

Chorus: God is silent,
                 God looks on.
                 God is,
                 Is the look.
                 God looks,
                 Looks at God.

Abraham: Look at the children,
                 Look at their faces,
                 Look at them well,
                 They fill the world.
                 Invaded, the heavens.
                 Invaded, the source.
                 Invaded, too,
                 Your eyes.
                 These children,
                 Have taken your countenance,
                 O God.

Isaac: What is the world?
                 A ghetto.
                 What is man?
                 A fugitive,

Un fugitif quittant
Un ghetto pour un autre.
L'âme?
Un sourire muet
Sur les lèvres
D'un enfant affamé.
La voix?
L'ombre de ce sourire.
La mémoire?
L'ombre de cette ombre.
Dieu?
Tu es dans ces yeux.
Tu les rends aveugles.

Jacob: Un juif, c'est quoi?
Pour les tueurs,
Un sous-homme.
Pour les spectateurs,
Un symbole
Oublié,
A oublier.
Pour toi, Seigneur,
Qu'est-il pour toi?

Abraham: Je regarde, moi,
Nos enfants en bas
Et je me dis:
Ils sont seuls,
Terriblement seuls:
Le vrai juif est
Celui qui est seul.

A fugitive leaving
One ghetto for another.
The soul?
A faint smile
On the lips
Of a hungry child.
The voice?
That smile's shadow.
Memory?
That shadow's shadow.
God?
You are in those eyes.
You blind them.

Jacob: What is a Jew?
For the killers,
A sub-human.
For the onlookers
A symbol
Forgotten,
To be forgotten.
For you, O Lord,
What is he for you?

Abraham: And I look
At our children below
And I say to myself:
They are alone,
Terribly alone:
A true Jew is
He who is alone.

Isaac :	Je regarde, moi, Nos enfants en bas Et je me dis : Ils sont muets, Terriblement muets : Le vrai juif est Celui qui se donne Muet.
Jacob :	Je les regarde, moi, Encore et encore, Et je ne les comprends pas. Et je me dis : Le vrai juif est Celui qu'on ne comprend pas.
Récitant :	Cependant l'histoire continue. Les tortionnaires torturent, les mitrailleurs fusillent. Les victimes, dédaignant les cimetières, montent jusqu'au palais le plus élevé sinon plus haut encore. En bas, il n'y a plus de cimetières. Nos cimetières à nous, c'est le ciel. Aussi les trois patriarches, d'une même voix puissante, posèrent à Dieu la plus humaine des questions, la plus terrifiante aussi : Pourquoi ? Pourquoi, Seigneur ? Pourquoi, Père ?
Chœur :	Pourquoi eux Et pas nous ? Pas moi ? Pourquoi là-bas

Isaac:

And I look
At our children below
And I say to myself:
They are silent,
Terribly silent:
A true Jew is
He who gives himself
In silence.

Jacob:

And I look
And look and look,
Failing to understand.
And I say to myself:
A true Jew is
He who is not understood.

Narrator:

Meanwhile the story goes on. The torturers go on torturing, the soldiers go on shooting. The victims, spurning the cemeteries, rise to the highest palace, if not higher. Below, there are no more cemeteries. Our cemetery is in heaven.

And so the three patriarchs, in powerful unison, ask God the most human of questions, the most terrifying, too: Why? Why, O Lord? O Father, why?

Chorus:

Why they
And not us?
Not I?
Why there

Et pas ici?
Pourquoi alors
Et pas maintenant?
Pourquoi untel
Et pas un autre,
Pourquoi le père
Et pas le frère?
Et pas l'enfant?
Et pas la mère?
Pourquoi l'ami
Et pas moi,
Moi aussi?

Abraham: Pourquoi les innocents?

Isaac: Pourquoi les justes?

Jacob: Pourquoi les humbles?

Abraham: Je ne te demande pas
De me révéler
Tous tes desseins.
Je ne te demande plus
D'éclaircir
Tous tes mystères.
Mais dissipe au moins
Un seul,
Celui de la survie
De quelques uns.

And not here?
Why then
And not now?
Why this one
And not any other?
Why the father
And not the brother?
And not the child?
And not the mother?
Why the friend
And not I,
I too?

Abraham: Why the innocent?

Isaac: Why the just?

Jacob: Why the humble?

Abraham: I do not ask you
                To reveal to me
                All your intentions.
                I no longer ask you
                To shed light
                On all your mysteries.
                Yet there is one,
                Just one,
                I ask you to dispel:
                That of the survival
                Of the few . . .

Sinon,
Les survivants
Marcheront courbés,
Coupables,
Par ta faute.
Pourquoi, Seigneur,
Doivent-ils se sentir coupables
De souffrir
Et de vivre?

Chœur:

Pourquoi tant de châtiments
Sur tant d'enfants?
Pourquoi tant de charité,
Tant d'indulgence
Pour tant de bourreaux?
Les bourreaux,
Sont-ils meilleurs,
Vraiments meilleurs
Que leurs victimes,
Seigneur?
Pourquoi, Dieu?
Pourquoi, Père?
Pourquoi, Dieu de nos pères?

Récitant:

Mais Dieu, sur son trône de justice, reste impassible. Et muet. Pourtant, après un long silence, une voix s'élève, la voix d'un ange sûrement, venu plaider pour Dieu.

Voix:

Le Maître du Monde
Dispose du monde.

Lest the survivors
Because of you
Continue on their stooped
And guilty march.
Why, O Lord,
Must they feel guilty
For suffering
And for living?

Chorus:

Why so many chastisements
Inflicted on so many children?
Why so much mercy,
So much indulgence?
Granted to so many executioners?
Those executioners,
Are they better,
Truly better
Than their victims,
O Lord?
Why, O God?
Why, O Father?
Why, O God of our fathers?

Narrator:

But God, on his throne of justice, is unmoved.
And silent. Yet after a long pause a voice is heard,
surely the voice of an angel come to plead God's
cause.

Voice:

The Master of the World
Disposes of the world.

La créature
Soumise au créateur,
Accepte ses lois
Sans les questionner.

Abraham: Créateur des mondes et des hommes,
Dieu dont la justice est charité,
Reconnais la justesse de mes paroles.
J'avais le droit de plaider pour Sodome—
Et pas pour un million d'enfants,
D'enfants innocents?

Voix: Insondable,
La pensée divine.
Aveugle,
L'homme s'y immerge
Sans la voir aboutir.
Dieu sait
Ce qu'il fait—
Pour l'homme
Cela doit suffire.

Abraham: Dieu a ses raisons,
Ani maamin.
Dieu bâtit l'avenir
Sur le passé—
Ani maamin,
Je le crois.
Mais *mon* avenir,
Je le vois aussi,
Maintenant je le vois:

His creatures
Do their creator's bidding,
Accept his laws
Without a question.

Abraham: Creator of worlds and of men,
God whose justice is charity,
Recognize the truth of my words.
Have I the right to plead for Sodom—
But not for a million children,
Innocent children?

Voice: Unfathomable,
The divine thought.
Blind,
Man plunges into it
Unknowing of its outcome.
God knows
What he is doing—
For man
That must suffice.

Abraham: God has his reasons,
Ani maamin.
God builds the future
On the past—
Ani maamin,
I believe.
But I can also see
My own future,
I see it now:

C'est un peuple vivant sa mort,
Un peuple mourant et condamné.

Voix :

Rien n'est dépourvu de sens,
Abraham.
Tu le sais, toi,
Tu dois le savoir.
Dieu est en tout,
Même dans l'épreuve,
Dans l'épreuve surtout.
Le mal cessera d'être le mal.
Au bout du mal,
Au bout de l'épreuve,
Il y a le salut.

Abraham :

Je sais, je sais.
Au cœur de chaque épreuve,
Je m'en souviens,
Tu m'as montré la fin—
La fin de tout,
La fin des temps :
Solution ultime,
Ultime réparation
Et consolation.
Tu m'as montré le Temple—
Mais non les hécatombes
Qui lui servent
De fondation.
Tu m'as montré les temps messianiques—
Mais quel genre de messie

A people living its death,
A people dying and doomed.

Voice: Nothing is meaningless,
Abraham.
You well know it,
You ought to,
God dwells in all things,
Even in man's trials,
In his trials above all.
Evil will cease to be evil.
At the end of evil,
At the end of the ordeal,
There is salvation.

Abraham: I know, I know.
During every trial,
I remember,
You showed me the ending—
The end of life,
The end of time:
Ultimate solution,
Final reparation
And consolation.
You showed me the Temple—
But not the hecatombs
That are
Its foundation.
You showed me messianic times—
But what kind of messiah

Est le messie
Qui exige six millions de morts
Avant de se révéler?

Voix: Dieu sait,
Cela suffit.
Dieu veut,
Cela suffit.
Dieu prend
Et Dieu rend,
Cela suffit.
Dieu brise
Et Dieu console,
Cela suffit.

Abraham: Non, cela ne suffit pas!
Dieu est consolation?
Qui le dit?
Lui?
Moi?
Cela ne suffit pas.
Les victimes ne le disent pas!
Jamais le cœur
De mes descendants
Ne sera consolé!
Jamais la blessure
Ne sera guérie,
Ni la honte
Effacée.

Is a messiah
Who demands
Six million dead
Before he reveals himself?

Voice:

God knows,
That is enough.
God wills,
That is enough.
God takes
And God gives back,
That is enough.
God breaks
And God consoles,
That is enough.

Abraham:

No, it is not enough!
God is consolation?
Who says so?
He?
Or I?
Not enough!
The victims are not saying it!
Never will the hearts
Of my descendants
Be consoled!
Never will the wound
Be healed,
Nor the shame
Erased.

Jamais le deuil
Ne sera atténué—
Jamais!

Isaac: Tu ramèneras ton peuple,
Libre et fier,
Au pays de ses ancêtres—
Mais il ne sera pas consolé.

Jacob: Tu rassembleras les dispersés,
Tu les sortiras
Des coins reculés et oubliés
De l'exil,
Tu leur donneras
Un drapeau,
Une armée,
Une place parmi les nations.
Tu leur rendras
Ta ville
Et sa gloire—
Mais les enfants d'Israel,
Les héritiers d'Israel,
Ne seront pas consolés

Abraham: Consoler pour Belsen et Ponàr?

Isaac: Compenser Birkenau?

Jacob: Oublier Maidanek, Sachsenhausen et . . .

Never will our mourning
Be assuaged—
Never!

Isaac: You will lead your people
Back to its ancestral land—
Free and proud
But unconsoled.

Jacob: You will gather the dispersed,
You will pry them
From the farthest corners
Of exile.
You will give them
A banner,
An army,
A place among the nations.
You will give them back
Your city
And its glory—
But Israel's children,
Israel's heirs,
Will remain unconsoled.

Abraham: Be consoled for Belsen and Ponàr?

Isaac: Be rewarded for Birkenau?

Jacob: Be forgetful of Majdanek, Sachsenhausen and . . .

Voix :

Arrêtez!

Que voulez-vous?

Que comptez-vous prouver?

Accomplir?

De quel droit parlez-vous?

De quel droit parlez-vous ainsi?

Dieu vous doit-il des comptes?

Dieu seulement?

Tout cela—

Sa responsabilité seulement?

Et les hommes?

Qu'en faites-vous?

Dieu n'a-t-il pas le droit,

Lui aussi, de vous questionner,

De questionner les hommes :

Qu'avez-vous fait de ma création?

Récitant :

Du coup, Abraham, Isaac et Jacob perdent leurs moyens. Ils se rendent compte de la futilité de leurs efforts. Dieu se veut question. La réponse n'est pas connue, ne le sera pas. Seuls la connaissent ceux qui, de Babi-Yar à Treblinka, fuient la terre et fuient la vie—pour le feu, par le feu—et ils se taisent. Comme Dieu.

Les voilà accablés, plus qu'avant. Abraham, Isaac, et Jacob. Maintenant ils sont fixés. Dieu sait— et se tait. Dieu sait—c'est qu'il le veut. Rien à faire. Le peuple juif, celui de l'époque noire, est perdu. Condamné. Par Dieu. Celui de demain vivra, re- vivra peut-être, connaîtra gloire et bonheur. Et

Voice:	Desist!
	What do you want?
	What do you seek to prove?
	Accomplish?
	What right have you to speak?
	To speak thus?
	Does God owe you an accounting?
	God alone?
	All this—
	His sole responsibility?
	What about man?
	What about his role?
	Does God not have the right
	To question you, in turn,
	To ask of man:
	What have you done with my creation?
Narrator:	Suddenly Abraham, Isaac and Jacob are at a loss, conscious of the futility of their efforts. God chooses to be question. The answer is not known. Nor will it be. Know it only those who, from Babi-Yar to Treblinka, fled the earth, fled from life— and they are mute. Like God.
	And here they are, crushed, more than ever. Abraham, Isaac and Jacob. For now it is clear: God knows—and remains silent. God knows— so it must be his will. The Jewish people of the black era—doomed. By God. The Jewish people of tomorrow will live, live again. Perhaps know glory and joy. And yet the scandal will remain.

après? Le scandale restera. Aussi à quoi bon pro-
tester? A quoi bon crier que l'avenir ne corrige
rien? Qu'il ne changera pas le passé? A quoi bon
plaider? Le Juge est justicier. C'est sans espoir.

Abraham: C'est sans espoir.
            Pour nous et pour eux.
            Il faudrait le leur dire.
            Ils méritent de savoir.
            Ils le méritent
            Autant que nous.

Jacob: Plus que nous.

Isaac: Allons le leur annoncer.

Abraham: Tout est perdu.
            Vaines, leurs, prières,
            Et les nôtres.

Isaac: Allons le leur annoncer.

Abraham: Tout est perdu.
            Folles, leurs batailles,
            Et les nôtres.

Isaac: Allons le leur annoncer.

Abraham: Ils auront vécu pour rien—
            Et nous aussi.

So why protest? What is the use of shouting that
the future corrects nothing? That it is powerless to
change the past? What is the use of pleading? The
Judge is avenger. There is no hope.

Abraham: There is no hope.
                     For us or for them.
                     They should be told,
                     They deserve to know.
                     They deserve it
                     As much as we.

Jacob: More than we.

Isaac: Let us go and tell them.

Abraham: All is lost.
                     Their prayers, and ours,
                     In vain.

Isaac: Let us go and tell them.

Abraham: All is lost.
                     Their battles and ours,
                     Insane.

Isaac: Let us go and tell them.

Abraham: Their lives will have been for naught—
                     And so will ours.

Ils se seront battu pour rien—
Et nous aussi.

Isaac: Allons le leur annoncer.

Jacob: Ils mourront
           Les yeux ouverts,
           Ouverts sur le vide.
           Ils périront
           En hommes libres,
           En connaissance
           De cause,
           Ils périront sans regret.

Abraham: Adieu, ciel.

Isaac: Adieu, vie éternelle.

Jacob: Adieu, monde de vérité
           Et de mensonge.

Chœur: Adieu, ciel.
           Adieu, monde.
           Adieu, hommes.
           Dites amen en partant,
           Dites amen en mourant,
           Amen aux partants,
           Amen aux mourants.
           Amen, Dieu,
           Amen, anges.

Their battles will have been for naught—
And so will ours.

Isaac: Let us go and tell them.

Jacob: They will die
With their eyes open,
Facing emptiness.
They will perish
As free men,
Knowing,
Aware,
They will perish without regret.

Abraham: Farewell, heaven.

Isaac: Farewell, eternal life.

Jacob: Farewell, world of truth
And falsehood.

Chorus: Farewell, heaven.
Farewell, world.
Farewell, men.
Say amen when you leave,
Say amen when you die,
Amen to those who are leaving,
Amen to those who are dying.
Amen, God.
Amen, angels.

Amen, messagers de mort,
Héraults du néant.
Enfants qui mourez,
Mourez sans croire à la Loi.
Vieillards qui partez,
Partez sans croire
Qu'un jour
Votre agonie sera expliquée.
Fous qui souffrez,
Souffrez sans invoquer
Justice et vérité.
Princes qui brûlez
Brûlez sans espérer
Un royaume
Autre que celui
Que vous portez dans vox yeux enflammés.
Vienne la nuit
Et ses ombres maléfiques;
Vienne la nuit
Et son règne sanglant.
Victimes, dites amen,
Enfants massacrés, dites amen.
Amen, mort.
Amen, bourreaux.
Vous gagnez et Dieu se tait.
Vous gagnez—
Car
Dieu se tait.

Abraham: Aurais-je vécu dans l'erreur?
Tu as sauvé Sodome,

Amen, messengers of death,
Heralds of nothingness.
When you die, children,
May you die not believing in the Law.
When you leave, old men,
May you leave not believing
That one day
Your agony will be explained.
When you suffer, madmen,
May you suffer without invoking
Justice or truth.
You, princes on fire,
Burn without hope
For a kingdom
Other than the one
Burning in your swollen eyes.
Let night come,
Night with its evil shadows;
Let night come,
Night and its bloodstained reign.
Victims, say amen,
Say amen, you massacred children.
Amen, death.
Amen, executioners.
You win and God is silent.
You win—
For
God is silent.

Abraham: Could I have lived a lie?
             You saved Sodom,

Tu as sauvé Gomorre,
Et tu leur as soumis
Le monde
Que j'ai cru épargné.

Isaac:　　Aurais-je survécu par erreur?
Tu te venges
Sur les enfants
Et leurs survivants!

Jacob:　　Je comprends mon rêve.
A présent, je le comprends.
L'échelle qui brûle—
Tout brûle.
La nuit, les hommes.
Le rêve brûle.
J'ai fait un mauvais rêve.

Abraham:　　Allons-nous en.
Nos enfants ont besoin de nous.
Nous leur dirons la vérité.
La décision est sans appel:
Dieu regarde et Dieu se tait.

Isaac:　　Ils quitteront le monde
En le répudiant.

Jacob:　　Et ce sera justice.

Isaac:　　Ils renieront la société.

You saved Gomorrah,
And you handed them
A world
I had thought spared.

Isaac: Could my survival have been an error?
You are taking revenge
On children
And their survivors!

Jacob: I understand my dream,
Only now do I understand it.
The burning ladder—
All is ablaze,
The night, the men.
The dream itself is burning.
A nightmare is what I had.

Abraham: Let us go now.
Our children need us.
We shall tell them the truth:
The decision is irrevocable.
God looks on and God is silent.

Isaac: They will depart this world
Repudiating it.

Jacob: And they will be right.

Isaac: They will reject society.

Jacob :	Et ce sera justice.
Isaac :	Leur départ sera révolte, Révolte suprême.
Jacob :	Et ce sera justice.
Isaac :	Déjà leur mort est révolte, Et protestation, Et reniement.
Jacob :	Et c'est justice.
Chœur :	Rien là-haut, Rien ci-bas, Ani maamin. Rien avant, Rien après, Ani maamin. Mourez, juifs, Au nom des mots, Mots sacrés, Mots maudits, Mots étranglés. Mourez sans parler, Partez sans prier. Et dites amen.
Récitant :	Amen, mort. Amen, nuit. Les tueurs tuent, les tueurs rient. Et Dieu toujours se tait—Dieu se tait

Jacob: And they will be right.

Isaac: Their leaving will be revolt,
                Supreme revolt.

Jacob: And they will be right.

Isaac: Even death is revolt,
                And protest,
                And repudiation.

Jacob: And they are right.

Chorus: Nothing in heaven,
                Nothing on earth,
                Ani maamin.
                Nothing before,
                Nothing after,
                Ani maamin.
                Jews, you must die,
                For the sake of words,
                Sacred words,
                Cursèd words,
                Stifled words.
                You must die without a sound,
                Leave without a prayer,
                Saying amen.

Narrator: Amen, death. Amen, night. The killers kill, the
                killers laugh. And God still is silent—God is silent

toujours. Amen. Les hommes trébuchent, les mères s'écroulent. Amen. Amen, silence divin. Un enfant s'effraie, un vieillard sourit. Et Dieu ne sourit pas au vieillard, et Dieu ne partage pas la peur de l'enfant.

Abraham :

En vérité,
On n'a pas besoin de nous
Ici.
Partons.
Allons vers eux,
En bas.

Isaac :

Allons pour eux.

Jacob :

Allons avec eux.

Récitant :

Abraham recule d'un pas. Dieu ne le rappelle pas. Isaac recule d'un pas. Dieu ne le mande pas de revenir. Jacob recule d'un pas. Et le silence de Dieu est Dieu.

Chœur :

Amen, Abraham.
Amen, Isaac.
Gloire à toi, Jacob.
Soyez bénis,
Pères d'Israel,
Pour avoir choisi Israel,
Et parlé pour Israel.
Soyez bénis
Par Israel.

still. Amen. Men stumble, mothers falter. Amen. Amen, divine silence. A child is frightened, an old man smiles, but God does not smile at the old man, and God does not share in the child's fear.

Abraham:

In truth,
We are not needed
Here.
Let us leave.
Let us go toward them,
Below.

Isaac:

Let us go for them.

Jacob:

Let us go with them.

Narrator:

Abraham steps back. God does not recall him. Isaac steps back. God does not recall him. Jacob steps back. And the silence of God is God.

Chorus:

Amen, Abraham.
Amen, Isaac.
Glory to you, Jacob.
May you be blessed,
Fathers of Israel,
For having chosen Israel
And spoken for Israel.
May you be blessed
By Israel.

Abraham :   Dans un champ,
          Des mères juives,
          Nues,
          Mènent leurs enfants, nues aussi,
          Au sacrifice.
          Je vois les prêtres,
          De noir vêtus,
          Derrière les mitrailleuses,
          Et au-dessus des lucarnes invisibles,
          Dans les établissements spéciaux
          De Birkenau et Treblinka.
          Mais les mères
          Ne voient rien.
          Je les vois,
          Ces mères
          Et leurs petites filles.
          Mères décharnées, désabusées ;
          Enfants fatiguées,
          Craintives, pudiques,
          Certaines femmes cachent gauchement, vainement,
          Leur nudité.
          Et moi je regarde.
          J'ai mal. Je deviens fou.
          Alors j'arrache une petite fille,
          Yeux bleus, cheveux noirs,
          Je l'arrache à sa mère
          Et je cours.
          Je cours aussi loin que les jambes me portent,
          Comme le vent,
          Avec le vent,
          Plus loin que le vent,

Abraham: A field.
             Jewish mothers,
             Naked,
             Lead their naked children
             To their sacrifice.
             I see the priests,
             Dressed in black,
             Behind the machine guns,
             And at the peepholes
             Of special installations
             In Birkenau and Treblinka.
             But the mothers
             See nothing.
             I see them,
             These mothers
             And their little girls.
             Gaunt, distraught mothers;
             Tired, frightened children.
             Clumsily, to no avail,
             Some women try to hide
             Their nakedness.
             And I am looking.
             Aching.
             Going mad.
             I snatch a little girl,
             Blue eyes, black hair,
             I snatch her from her mother
             And I run.
             I run
             As far as my legs will carry me,
             Like the wind,

Je cours,
Et tout en courant,
Je me dis:
C'est insensé.
Cette enfant juive
Ne s'en sortira pas.
Je cours, je cours
Et je pleure.
Et tout en pleurant,
Tout en courant,
Je perçois un murmure:
Je crois,
Dit la petite fille,
Faiblement,
Je crois en toi.

Chœur: Ani maamin, Abraham.
Je crois, père,
Je crois, précurseur,
Tu vivras en nous,
Après nous,
Même si je suis, moi,
Fille de Sarah, Léah ou Rachel,
La dernière survivante,
La dernière vivante,
Je crois en toi,
Je crois
En ta mission,

With the wind,
Farther than the wind.
I run,
And while I run,
I am thinking:
This is insane,
This Jewish child
Will not be spared.
I run and run
And cry.
And while I am crying,
While I am running,
I perceive a whisper:
I believe,
Says the little girl,
Weakly,
I believe in you.

Chorus: Ani maamin, Abraham.
I believe, Father,
Forefather, I believe
You will live within us,
After us,
Even if I,
Daughter of Sarah, Leah or Rachel,
Am the last survivor,
The last one living.
I believe in you,
I believe
In your mission,

En ta fidélité.
Je crois.

Récitant :

Ayant dit, Abraham recule encore d'un pas et ne voit pas, ne peut pas voir que Dieu, pour la première fois, laisse une larme s'échapper de ses yeux illuminés.

Isaac :

Dans un village,
Perché sur la montagne,
Une communauté juive
Comme tant d'autres.
Comme tant d'autres,
Elle est happée
Par la tourmente.
Elle va mourir,
Elle le sait.
Un étudiant blasphème.
Une grand-mère gémit à voix basse.
Un boucher crache de dégoût.
Dans un instant
Tout sera fini.
Instant rare
Fait de plénitude.
On le consacre au recueillement, à la méditation.
Quelqu'un récite le Vidui,
Un autre le Kaddish.
Soudain
Le Dayan,
Devenu fou,
Se met à chantonner.

In your faithfulness,
I believe.

Narrator: Having spoken, Abraham takes another step backward. He does not, cannot, see that God for the first time, permits a tear to cloud his eyes.

Isaac: A village
Perched on a mountaintop.
A Jewish community
Like so many others.
Like so many others,
It has been caught
By the storm.
It is about to disappear,
And knows it.
A student curses.
A grandmother softly moans.
A butcher spits in disgust.
In a moment
It will all be over.
One last moment
Of serenity
Devoted to prayer and meditation.
Someone is reciting the Vidui,
Another the Kaddish.
Suddenly
The Dayan,
Gone mad,
Begins to sing.

Seul.
En sourdine.
Puis plus fort,
De plus en plus fort.
Pour lui-même
Et pour les autres,
Il chante
Sa foi ancienne et perdue.
Il chante la folie
Et l'amour,
Amour de Dieu
Et amour des hommes:
Ani maamin,
Je crois en Dieu,
Avec mes dernières forces
Je me réclame de lui,
Ani maamin,
Je crois en la venue du Messie,
Même s'il tarde,
Même si Dieu ne veut pas.

Chœur: Je crois, Isaac.
Je rêve comme Isaac.
Je vis comme Isaac.
Comme Isaac,
Je perds la vue
Mais je vois.
Ani maamin, Isaac.
Le Messie viendra,
Pas pour nous—

Alone.
Quietly at first.
Then louder.
Louder and louder.
For himself
And for the others,
He sings
Of his ancient and lost faith.
He sings of madness
And of love,
Love of God
And love of man:
Ani maamin,
I believe in God.
With the last of my strength
I claim him as my own,
Ani maamin,
I believe in the coming of the Messiah,
Though he may be late,
Though God may be unwilling.

Chorus:
I believe, Isaac.
I dream like Isaac.
I live like Isaac.
Like Isaac,
I lost my sight
And still I see.
Ani maamin, Isaac.
The Messiah will come
Not for us—

Et après?
Je crois en lui,
Pas pour nous
Mais pour lui
Et pour vous.

Récitant : Ayant dit, Isaac aussi recule d'un pas pour la seconde
fois. Et il ne voit pas, ne peut pas voir, que pour la
seconde fois une larme ruisselle sur la face sombre
de Dieu, plus sombre qu'avant.

Jacob : Dans un camp,
Un détenu.
Un être sans nom,
Un homme sans visage
Et sans destin.
Il fait nuit,
La première nuit de Pâque.
Le camp dort,
Lui seul veille.
Il se parle
En silence.
J'entends ses paroles,
Et je capte ses silences.
Il se dit,
Il me dit :
Je n'ai pas mangé de *matzoth*,
Ni de *marror*.
Je n'ai pas vidé les quatre coupes,

And yet?
I believe in him,
Not for us
But for him
And you.

Narrator: Having spoken, Isaac, too, takes another step backward. And he does not, cannot, see that for the
second time a tear streams down God's somber
countenance, a countenance more somber than
before.

Jacob: A camp.
An inmate.
A creature without a name,
A man without a face,
Without a destiny.
It is night,
The first night of Passover.
The camp is asleep,
He alone is awake.
He talks to himself
Soundlessly.
I hear his words,
I capture his silence.
To himself, to me,
He is saying:
I have not partaken of *matzoth*,
Nor of *marror*.
I have not emptied the four cups,

Symboles des quatre délivrances.
Ceux qui ont faim,
Je ne les ai pas invité
A venir partager mon repas—
Et pas même ma faim.
Je n'ai plus de fils
Qui me pose
Les quatre questions—
Et je n'ai plus la force
D'y répondre.
Je dis la Hagada
Et je sais qu'elle ment.
La parabole du *Had-Gadya* est fausse:
Dieu ne viendra
Pas égorger l'égorgeur.
Les victimes innocentes
Ne seront pas vengées.
Le souhait ancien—
Leshana habaa bi-Yerushalaim—
Ne sera pas réalisé.
L'an prochain
Je ne serai pas à Jérusalem.
Ni ailleurs.
L'an prochain
Je ne serai pas.
Et puis
Qui me dit
Que Jérusalem est là-bas,
Au loin,
Et non ici?

Symbols of the four deliverances.
I did not invite
The hungry
To share my repast—
Or even my hunger.
No longer have I a son
To ask me
The four questions—
No longer have I the strength
To answer.
I say the Haggadah
And I know it lies.
The parable of *Had-Gadya* is false:
God will not come
To slay the slaughterer.
The innocent victims
Will go unavenged.
The ancient wish—
Leshana habaa bi-Yerushalaim—
Will not be granted.
I shall not be in Jerusalem
Next year.
Or anywhere else.
Next year
I shall not be.
And then,
How do I know
That Jerusalem is there,
Faraway,
That Jerusalem is not here?

N'empêche que je récite la Hagada
Comme si j'y croyais.
Et j'attends le prophète Elie.
Comme jadis.
Je lui ouvre mon cœur
Et je lui dis:
Tu seras le bienvenu,
Prophète de la promesse,
Tu seras le bienvenu, annonciateur de la délivrance.
Viens participer à mon histoire,
Viens te réjouir avec les morts
Que nous sommes.
Vide la coupe
Qui porte ton nom.
Viens à nous,
Viens à nous en cette nuit de Pâque:
Nous sommes en Egypte
Et les plaies de Dieu,
C'est nous qui les subissons.
Viens, ami des pauvres.
Viens, défenseur des opprimés.
Viens.
Je t'attends.
Et même si tu me déçois,
Je continuerai de t'attendre,
Ani maamin.

Chœur: Ani maamin, Jacob.
Je crois, Israel.

Still, I recite the Haggadah
As though I believe in it.
And I await the prophet Elijah,
As I did long ago.
I open my heart to him
And say:
Welcome, prophet of the promise,
Welcome, herald of redemption.
Come, share in my story,
Come, rejoice with the dead
That we are.
Empty the cup
That bears your name.
Come to us,
Come to us on this Passover night:
We are in Egypt
And we are the ones
To suffer God's plagues.
Come, friend of the poor,
Defender of the oppressed,
Come.
I shall wait for you.
And even if you disappoint me
I shall go on waiting,
Ani maamin.

Chorus: Ani maamin, Jacob.
                       I believe, Israel.

J'écoute la voix d'Israel,
La foi d'Israel.
Elie vient,
Ou ne vient pas,
Israel lui ouvre les portes
Et les rêves.
Car le prophète
A plus besoin des juifs
Que les juifs du prophète.
Auschwitz a tué des juifs
Mais non leur attente de l'annonciateur.

Récitant : Ayant dit, Jacob, se retire et ne voit pas, ne peut pas voir que Dieu, surpris par son peuple, pleure pour la troisième fois—et cette fois il pleure avec abandon, et aussi avec amour. Il pleure sur sa création—et peut-être sur beaucoup plus que sa création.

Abraham : Tout est fini,
Même l'infini.
Béni sois-tu
Israel
Pour ta foi en Dieu—
Malgré Dieu.

Isaac : Béni sois-tu
Israel
Pour ta foi en l'homme—
En dépit de l'homme.

I listen to the voice of Israel,
The faith of Israel.
Whether Elijah comes,
Or not,
Israel opens her doors,
And her dreams to him.
The prophet needs the Jews more
Than they need him.
Auschwitz has killed Jews
But not their expectation.

Narrator: Having spoken, Jacob withdraws, and does not, cannot, see that God, surprised by his people, weeps for the third time—and this time without restraint, and with—yes—love. He weeps over his creation—and perhaps over much more than his creation.

Abraham: It is all over,
Ended, even the unending.
May you be blessed
Israel
For your faith in God—
In spite of God.

Isaac: May you be blessed
Israel
For your faith in man—
In spite of man.

Jacob :

Béni sois-tu
Israel
Pour ta foi en Israel—
Malgré les hommes
Et malgré Dieu.

Récitant :

Abraham, Isaac et Jacob s'en vont, illuminés par un autre espoir, celui qu'ils puisent en leurs enfants. Ils quittent les cieux et ne voient pas, ne peuvent pas voir qu'ils ne sont plus seuls: Dieu les accompagne en pleurant, en souriant, en murmurant: *Nitzhuni banai*, mes enfants m'ont vaincu, ils ont droit à ma gratitude.

Ayant dit, il le dit encore. La parole de Dieu, on n'arrête pas de l'entendre. Le silence des disparus non plus.

Chœur :

Ani maamin, Abraham,
Malgré Treblinka.
Ani maamin, Isaac,
A cause de Belsen.
Ani maamin, Jacob,
Parce que et en dépit de Maidanek.
Morts en vain,
Morts pour rien,
Ani maamin.
Priez, hommes,
Priez Dieu
Contre Dieu
Pour Dieu:
Ani maamin.

Jacob:

May you be blessed
Israel
For your faith in Israel—
In spite of man
And God.

Narrator:

Abraham, Isaac and Jacob go away, heartened by another hope: their children. They leave heaven and do not, cannot, see that they are no longer alone: God accompanies them, weeping, smiling, whispering: *Nitzhuni banai*, my children have defeated me, they deserve my gratitude.

Thus he spake—he is speaking still. The word of God continues to be heard. So does the silence of his dead children.

Chorus:

Ani maamin, Abraham,
Despite Treblinka.
Ani maamin, Isaac,
Because of Belsen.
Ani maamin, Jacob,
Because and in spite of Majdanek.
Dead in vain,
Dead for naught,
Ani maamin.
Pray, men.
Pray to God,
Against God,
For God.
Ani maamin.

Vienne le Messie,
Ani maamin.
Tarde-t-il,
Ani maamin.
Que Dieu se taise
Ou pleure,
Ani maamin.
Ani maamin pour lui,
Et malgré lui.
Je crois en toi,
Même si tu t'y opposes.
Même si tu m'en punis.
Bénis les fous
Qui le clament,
Bénis les fous
Qui rient,
Qui rient de l'homme qui rit du juif,
Qui aident leurs frères
En chantant, encore et encore, et encore:
Ani maamin,
Ani maamin beviat ha-Mashiah,
Veaf al pi sheyitmameha,
Akhake lo bekhol yom sheyavo,
Ani maamin.

Whether the Messiah comes,
Ani maamin.
Or is late in coming,
Ani maamin.
Whether God is silent
Or weeps,
Ani maamin.
Ani maamin for him,
In spite of him.
I believe in you,
Even against your will.
Even if you punish me
For believing in you.
Blessed are the fools
Who shout their faith.
Blessed are the fools
Who go on laughing,
Who mock the man who mocks the Jew,
Who help their brothers
Singing, over and over and over:
Ani maamin.
Ani maamin beviat ha-Mashiah,
Veaf al pi sheyitmameha,
Akhake lo bekhol yom sheyavo,
Ani maamin.

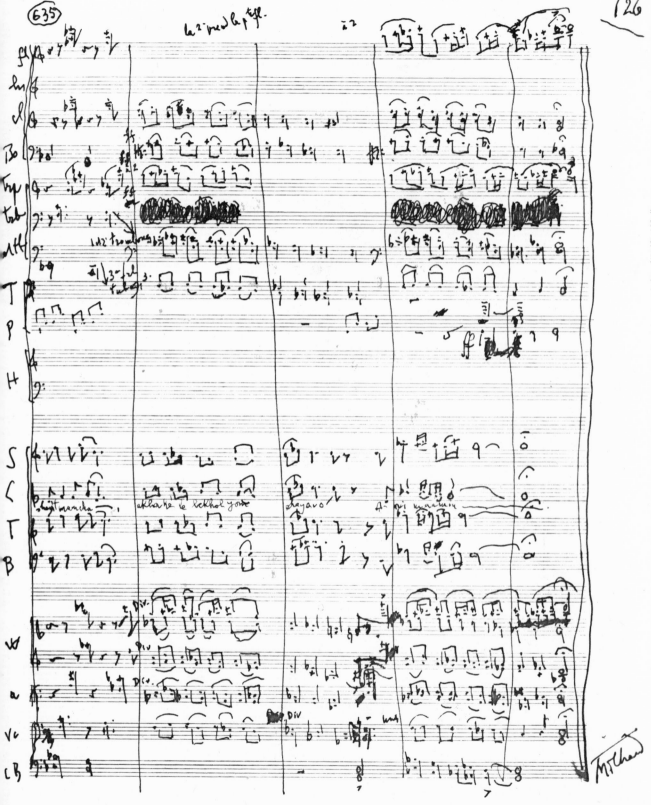

Genève 24 Nov. 198?

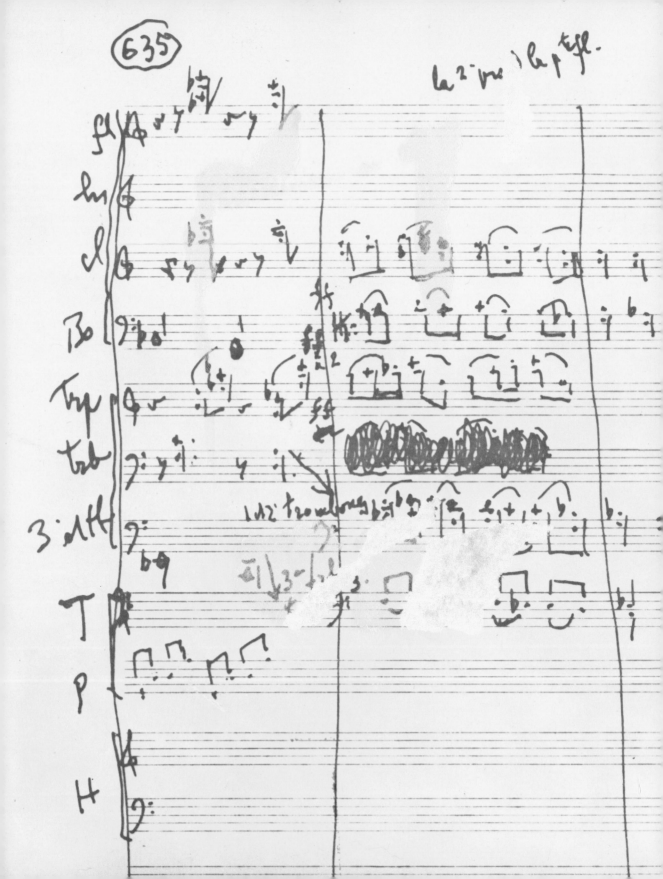